Luigi Pirandello

Poemetti

BELFAGOR

Su la vecchia sedia a dondolo

mi spingevo innanzi e indietro,

quando udii con molta grazia

dar tre colpi a l'uscio a vetro.

Prego, avanti! faccio. Schiudesi

l'uscio, e in atto di saluto

si fa innanzi, sorridendomi,

un signore sconosciuto.

Chiusa in man reca una lettera;

me la porge. — Prego, segga —

io gli dico, ed ei schermendosi. —

«Oh no, scusi! prima legga.»

Che bel tipo! e di che trattasi?

fo tra me; voglio vedere

chi mai serbi ancor memoria

di me, in patria forestiere!

M'alzo anch'io, la busta lacero:

è una lettera in latino,

con la firma: " *Nicolaus*

segretario fiorentino".

Nicolaus? Mi metto a ridere.

L'altro sta tra serio e mesto.

Dico: — Sa? non so comprendere

il suo scherzo! è scherzo, questo?

«Non è scherzo; legga, e subito

capirà» dice il signore,

sempre serio. Da la ruvida

carta sal non so che odore.

Io mi metto dunque a leggere;

ma quei segni agili e snelli

su la carta par che saltino...

Chi mi scrive è il Machiavelli!

Signor mio, se un manicomio

ella cerca, non è mica

qui. Qui è casa mia. Vuol prendersi

di me gioco? E allora il dica!

«Di nessun vo' gioco io prendermi,

se l'è preso altri di me.

Credi a ciò che il grande storico

fiorentin scrisse per te»,

mi risponde. Ed il suo pallido

volto, i lucidi occhi intensi,

piú gli guardo, piú conturbano

stranamente ora i miei sensi.

Dico alfine. — E dovrei credere

dunque in vero ch'Ella sia

Belfagor arcidiavolo?

È un po' troppo, in fede mia!

e che a me l'illustre storico

fiorentin la raccomandi,

com'è d'uso, con la lettera

che m'ha data? dunque, i bandi

che già contro a tutti i diavoli

la scienza nostra ha emesso,

ella ignora? e vuol sul serio

che la creda? proprio adesso? —

Ragionandoci, un po' d'animo

io prendea, cosí, man mano;

ma l'incognito appressandosi

e sedendo, dice piano:

«La fa bene a piú non credere

ai diavoli, fa bene;

neppur io ci credo, e frottole

ogn'uom savio li ritiene».

— Dunque?

— « Dunque è semplicissimo:

niun ci crede, e bene sta;

ma l'inferno c'è, coi diavoli,

tanto, ch'io vengo di là...

Solamente son diavoli,

condannati nelle spese,

e l'inferno è di delizie

divenuto ora un paese.

Sissignore, di delizie!

La mi stia bene ad udire,

le farò venir grandissimo

desiderio di morire.

Saprà come in lontanissimi

tempi, Pluto, re d'Averno,

come un re, poniam, d'Italia,

o un ministro de l'interno,

si trovasse in gravi angustie

a cagion de l'affluenza

strabocchevole de l'anime,

che ad eterna penitenza

pur dannate, discendeano

ne l'inferno col sorriso

su le labbra: quasi andassero

tutte quante in paradiso!

Chiesto lor perché in tal numero

e con tanta faccia tosta

nel suo regno rovinassero,

ebbe il dio Pluto in risposta:

"Pluto, re mite e benevolo,

(e qui: bravo! ebbene! evviva!)

venga a noi la pece liquida,

venga a noi la fiamma viva!

Pluto, re mite e benevolo,

tra i tormenti tuoi ci togli,

ci parran carezze d'angeli

a confronto de le mogli!

9

Pluto re, sai tu che fossimo

noi lassú? fummo mariti!

(e qui in turbine d'orribili

urli, gemiti, grugniti).

Altri ancora, innumerevoli

turbe qui rovineranno

e te *re mite e benevolo*

come noi saluteranno".

E ciò detto, via di furia!

sollevando in cento cori

per quell'aer denso, tangibile,

una zuffa di clamori.

Restò il dio come una statua,

restò lì muto, intontito...

Forse mai, come in quell'attimo,

si sentí tanto marito.

Ma d'un subito riebbesi,

e ad urlar diessi anche lui:

Fu un accorrer di demonii

spaventati, fuor dei buj

antri uscenti a precipizio;

Pluto in mezzo delirava,

sghignazzando; restringevasi

ne le cosce, poi saltava

e gridava. "Ecco, ecco vengono!

Ridon tutti... Ajuta! ajuta!

Pluto re mite e benevolo,

ognun d'essi mi saluta!..."

I demonii si consigliano

con grandi occhi, a bocca aperta...

Ed io dico: "Ahimè, il plutonio,

alto senno si sconcerta!

Minos venga, e l'altro giudice

de l'inferno, Radamanto."

I demonii allor si diedero

a un dirotto, ontuoso pianto.

Proprio in quella, da le viscere

de l'inferno atre e profonde,

di dannati a noi giungeano

risa e voci alte e gioconde!

I due giudici sudarono

un bel poco a ritornare

Pluto in sensi; poi si chiesero

un rimedio d'adottare.

— "Un rimedio? qual rimedio?

esclamò Pluto iracondo.

Posso io far che tutti gli uomini

restin celibi nel mondo?"

— "Ma tu credi, o mio saturnio

Zio, rispose Radamanto,

che di ciò sien sola causa

donne e mogli? Io credo intanto,

che faremmo opra piú savia

non prestando tanta fede

a quest'anime di reprobi.

A un dannato non si crede.

Facciam meglio: un buon diavolo,

d'oro e d'altro ben fornito,

su la terra per noi mandisi,

e colà faccia il marito."

Corse un freddo e lungo tremito

quelle fiere carni al nome

di marito, ed ogni diavolo

non sapea perché ne come.

Ma del già re de la Licia

la proposta alfin fu accolta,

e allor fu che venne al secolo

Belfagor la prima volta.

E sa ben che lì, dal cerulo

Arno in riva, io stanza presi;

mi spacciai per ricco e nobile,

e il danar con arte spesi.

Tolsi quindi in matrimonio

Monna Onesta dei Donati,

che mi die' poi tanti triboli

sperperando i miei ducati.

Io scappai tra un pazzo strepito

di trombette e tamburelli...

ma narrato ha questa istoria

degnamente il Machiavelli.

Di dannati ora rigurgita

nuovamente il regno negro,

questi modo non vi tengono

degli antichi meno allegro.

Come prima entrati, traggono

dal profondo un gran respiro.

Trae qualcuno anche un binoculo

da viaggio, e guarda in giro.

Poi tra canti e risa imbarcansi,

qual per gita di piacere.

A Minos l'antico giudice,

dei peccati il doganiere.

e a Pluton la barba tirano!

cosí pazzi, cosí arditi,

che i diavoli s'affollano

loro intorno, sbalorditi.

E fra tanto ognun dimentica

d'adempire al proprio uffizio.

Nessun piú sa fare il menomo

brutto scherzo, un malefizio.

Ma se pur qualcuno accingesi

a trattare male un dannato,

questi trova un mezzo esplicito

per non esser molestato.

Lì, con quanti ha mai retorici

artifizii la parola,

gli dimostri che lui, diavolo,

non è altro che una fola;

che l'inferno, Ieova, gli angeli,

marionette de la fede,

sono anch'essi vuote favole,

cui nessuno ormai piú crede.

A siffatto raziocinio,

dato lì, tra naso e muso,

resta il diavol malinconico,

come un coso uscito d'uso.

Pajon tanti Amleti. Vansene

ruminando il gran mistero,

e han finito ormai col credersi

ombre e favole davvero.

Tal follia cagione è a l'anime

di perfetta libertà.

Cosí, un bravo sociologo

di fondar pensato ha già,

messi i dritti in equilibrio

del cervello e de la pancia,

ne l'inferno una republica,

da oscurar quella di Francia.

Fonderà lo Stato—esempio,

specchio in tutto del progresso,

se però l'ajutan chimici

e ingegner', come han promesso.

Tutti i sogni inattuabili

che la mente d'ogni eletto

su la terra sconcertarono,

finalmente avranno effetto.

Molti stan per la republica

di Platone, chi sa poi

come andrà questa baldoria

a finir! Torniamo a noi.

Capirà che Pluto, il povero

nostro re, di questo passo

non può andar piú avanti. Attonito

sta a guardar, par già di sasso.

Gli si chiede: "O re, quest'asini

debbon proprio sopraffarci?

" Leva in faccia gli occhi stupidi,

e risponde. "E che vuol farci?"

Nulla, dunque. E allor si lascino

fare in pace! Or essi fatto

han già tanto, ch'ei, re, scendere

dové alfin con loro a un patto

vergognoso. Quei, s'imagini,

gli hanno offerto un trono eterno

su la terra; perché, dicono,

che la terra è un vero inferno.

La m'intende? In brevi termini:

"Va' a riporti! gli han risposto.

Senza far de l'altre chiacchiere,

è lassú, non qui il tuo posto!

Troppo, troppo abbiam, com'uomini.

noi sofferto su la terra,

perché tu da morti or ci abbia

da seccar con altra guerra!"

Pluto disse: "Dunque è proprio

cosí piena di malanni

questa terra? E chi assicurami

che il dir vostro non m'inganni?".

— "Fa la prova?" gli risposero

i dannati. E il re: "La faccio.

Mando subito un diavolo."

E me mise ne l'impaccio,

proprio me, come il piú pratico.

Ma ciò è nulla! il peggio è stato,

che quei cani non mi vollero

far partir, che addottorato.

Son dottore, ah voglio ridere!

Ci voleva la scienza... "

Già, perché se andrai, mi dissero.

ne la tua sincera essenza,

cioè a dire da diavolo,

ne la vita, capirai,

come dentro al vero e proprio

elemento tuo, starai.

Andar dêi com'uom, né semplice

o volgar! com'uomo dotto,

capacissimo di scernere

ogni mal che covi sotto."

Ed in mezzo allor mi presero:

Chi m'infuse un sentimento,

e chi un altro; un desiderîo,

questi; quegli, il suo talento.

Mezzo morto mi lasciarono:

finché dentro ebbi ogni affetto,

tutto ciò che han dentro gli uomini,

coscienza ed intelletto.

Né bastò! che poi mi vollero

ragionar la lor follia.

Sapienza essi la chiamano,

io direi ch'è malattia!

Se Dio esiste o no, se l'anima

è mortale od immortale,

come spiegasi il fenomeno

de le cose, ciò che è male,

ciò che è ben, qual sia la regola,

qual de l'esser sia lo scopo,

se ebbe il mondo o no un principio,

se avrà un fin; che avverrà dopo...

e altre ancora, altre scempiaggini,

ch'or mi giran per la mente!

Ah perdio! dite sul serio?

Questo è il senno, che ha la gente?

Ma perché di tante chiacchiere

v'opprimete l'esistenza,

quando, io dico, a la men facile,

con un po' di pazienza

solamente può risolversi?

Dura tanto poco. Quasi

pare un sogno, è un sogno. In aria

perché mai dovete i nasi

tener sempre e gli occhi in estasi?

Ma imitate il savio armento,

per cui il vero è l'erba tenera,

che gli cresce sotto il mento!

Pazzi! Par quasi incredibile...

Basta. Or io mi trovo qui,

s'ella ha inteso, con l'incarico

d'annojarmici cosí,

da potere il giorno, prossimo

o lontan, del mio ritorno

confermar ciò che i suoi simili

del terren loro soggiorno

e del viver d'oggi dissero.

Però badi: non mi pare

tanto facile! di vivere

amo, e assai la vita amare

è il mio solo desiderîo.

Può far lei, che, per la pace

dei suoi morti, in odio or mutisi

quest'amor, ch'è la mia face?"

PIER GUDRÒ

Riproduco quest'ultima lezione, definitiva.

I

Pier Gudrò vuole la guerra.

Lui risponde della sorte.

Noi, per lui, siam la piú forte

nazione della terra.

Non vorrebbe egli, però,

dire: — Andate, io vengo dopo. —

S'è ridotto un vecchio topo

di campagna, Pier Gudrò.

Ma già i vecchi il lor dovere

l'hanno fatto. Or tocca a noi,

a noi figli degli eroi,

correr sotto le bandiere.

E saprem combatter bene.

Dican pur quest'età molle:

scorre, in fondo, e in noi ribolle

fiero sangue per le vene.

II

Solitario Pier Gudrò,

per la vigna piano errando

e gestendo a quando a quando,

pensa e crede tutto ciò.

Erra fin dal primo albore

col suo fulvo gatto appresso,

cui privato egli ha di sesso

per guarirlo dell'amore.

Un vapore tenue suole,

velo fulgido di brina,

sú pe' campi, la mattina,

ondulare al primo sole.

Frullan passeri tra i rami

dei novelli alberi intorno;

son saluti al nuovo giorno

e son timidi richiami.

Pier Gudrò, di tratto in tratto,

qualche tralcio osserva, chino:

ei pur pensa, il vecchio, al vino;

e, con amorevol'atto,

delle viti ancora basse,

càuto, i pampini rimuove,

come se le poppe nuove

a una vergin denudasse.

Avverrà forse ch'ei beva

del suo vino ancora un anno!

Che sbaldor gli uccelli fanno,

messi sú dai tralci a leva!

Non per mal ch'ei voglia fare,

ma fra i tralci non li vuole.

Sciò! sciò via! C'è terra al sole,

da beccare e da ruzzare.

III

Pier Gudrò scojò un agnello,

ne conciò la pelle in fretta

e ne trasse una berretta

con la coda e il riccio vello.

Gli vien giú fin su gli orecchi,

che son già curvi dal peso;

dalla concia hanno già preso

un color giallo i cernecchi.

26

E dal capo non si toglie

mai quel carico. Vuol fare,

(bene o mal) quel che gli pare;

e però non prese moglie.

Vive solo, di sé pago,

ed a quanto gli abbisogna

di sua man provvede; sogna

e il lavoro gli è di svago.

D'ogni frutto il campo abbonda,

vigna e ortaglie, e grano e biada;

ov'ei l'occhio volga, o vada,

verde e pace lo circonda.

Si conturba solo quando

qualche nuova della vita

gli perviene, eco smarrita.

Allor va fantasticando.

Si rintana. La man tarda

stira l'aspra barba bianca.

Dalla vecchia cassapanca

in silenzio il gatto guarda.

La republica di Francia

s'apparecchia la rovina.

Nuova guerra s'avvicina

se la Russia si sbilancia...

Che farà l'Italia? Ajuto

ai Tedeschi presterà?

Vinceranno! Libertà

per la Russia e lo statuto...

Ma i colombi, che già l'ora

senton scorsa del beccare,

ecco vengono a tubare

alla porta chiusa ancora.

Pier Gudrò due volte al giorno

ai colombi il pasto dà.

— «Curra! curra!» — Eccoli là:

gruga tutta l'aja intorno.

Sono cento, cento e piú,

fremon, gonfiansi nel terso

collo, guardan di traverso:

— Ehi, padrone, i chicchi, giú! —

IV

Su dai colli, ora, la tonda

luna spunta rosea, e bagna

del suo lume la campagna.

Non si crolla ad aura fronda.

Par che sia giorno e che l'aria,

al lunare albor piú rada,

schiari, pregna di rugiada,

la campagna solitaria.

A destar le smorte stelle,

dalle curve messi d'oro,

dai sognanti alberi, a coro,

strillan grilli e raganelle.

Col berretto su la nuca,

rabbuffato, desto ancora,

dalla sua rural dimora

Pier Gudrò, guardingo, sbuca.

Dove va? Non gli concesse

forse il sonno qualche nuova,

e la pace non gli giova

29

della vigna e della messe.

30

Fra sé parla, iroso. Là...

(neppur lui sa forse dove)

ebra folla si commove:

gli operaj della città.

«Morte ai ricchi! morte ai re!

Non han pane né lavoro.

Già si contano tra loro.

Chi li tien? Piú Dio non c'è.

Se la casa han peggio nuda

d'una squallida prigione,

per un giorno abbian ragione;

la prigione poi li chiuda.

La prigione? Ma no, guerra!

guerra! via, leggi! via, freni!

Non di patrie o aviti beni,

equa madre, sa la terra».

Pier Gudrò, di tanto in tanto.

come a un urto delle fronde

cupe, arrestasi; risponde

al suo fiero orgasmo il canto

fitto, stridulo, insistente,

che dai campi al cielo sale;

e s'accresce e, assiduo, uguale.

avviluppagli la mente,

gli stupisce già l'udito,

divien fervido concento,

d'un lontan commovimento

il clamore indefinito...

«*Non di patrie o di confini...*»

Ei col gesto l'interrompe;

va com'ebro; alfin prorompe:

— Pazza turba d'assassini!

Minacciar cosí la santa

patria, il sacro nostro re,

quel che fatto abbiam per te

noi, con tanto sangue e tanta

gloria nostra... — E già gridare

non può piú, dall'ira. Va

pure innanzi; alfin ristà:

gli si stende, sotto, il mare.

Calmo, tutto palpitante,

della Luna al dolce lume,

bacia con fervor di spume

la riviera sottostante.

Pier Gudrò dall'alto mira

l'ampia, inaspettata scena;

non però si rasserena:

torvo e incerto il guardo gira;

poi, l'angusta via che al lido

scende giú, ripida, toglie.

Ma chi ride giú? Lo accoglie

tra le ondate un alto grido.

Son le villanelle gaje

use a scendere, la sera,

per bagnarsi, alla riviera,

dopo tanta opra su l'aje.

Tra la spuma ignude, un'ombra

venir giú dal colle han visto;

e un sospetto, un timor tristo

loro il sen nascosto ingombra.

Spiano trepide... Ma via!

quegli è il nonno Pier Gudrò,

che non vuol certo ne può

far piú loro villania.

Nel lenzuol sul lido ognuna

si ravvolge; su la bionda

sabbia il molle corpo affonda,

ed a lui sotto la Luna

cerchio fan, cosí sdrajate:

«Pier Gudrò, non puoi scappare!

per castigo or dêi narrare

l'avventura tua col frate».

Pier Gudrò ride tra sé.

Zitte lì, con le avventure!

Per la patria eran congiure.

Si teneano qui, da me.

Ora un dí sbagliò la via,

certo, un frate francescano:

venne a me; tese la mano

per la questua. Questua? Spia!

Sí, fratello, — gli risposi.

Son anch'io di San Francesco

buon divoto. Segga al fresco;

vado e torno; si riposi. —

Andai sú di corsa; presi

una fune, e mani e piedi

gli legai; poscia gli diedi

l'elemosina: lo appesi.

Tre dí tenni il malaccorto

frate appeso ad un olivo;

nol lasciai morto né vivo;

mezzo vivo e mezzo morto. —

V

Per quel frate or certo il Papa,

giorno e notte, contro a lui

pensier cova truci e buj.

Ma a pensare invan si scapa.

Tenda insidie, ordisca trame:

dalla cintola non suole

toglier mai le due pistole

35

Pier Gudrò. Pur su lo strame,

36

ogni notte, se ne sta

con le due pistole ai fianchi;

non per nulla ha i peli bianchi;

molte cose ha visto e sa.

Sa la storia un giorno appresa

dai compagni di sventura

nell'esilio, e qual mai cura

abbia avuto ognor la Chiesa:

a stranieri offrir l'acquisto

dell'Italia. E a quanti re

come femmina si dié,

lei che sposa era di Cristo!

Queste ed altre cose ei narra

senza fine ai suoi villani.

Ma si sputan su le mani quelli,

e attendono alla marra.

— «C'era in mar come una festa,

per la Luna nuova. Piana

vi filava una tartana.

Dentro avevo, io, la tempesta.

Confiscati i beni, in bando

me n'andavo, ignaro e senza

guida. Eppure era clemenza,

questa, di re Ferdinando.

Buttar giú con una brava

scure il capo ed ogni idea

di rivolta mi potea.

Che male ora m'arrecava?

Niente. Mi strappava il cuore,

con quel bando, il re. Ma guasto

n'ebbe il sangue. Ai vermi in pasto,

vivo ancor, lo dié il Signore.

Me ne stavo lì, sdrajato

su la tolda. Mano a scotte

non si mise, quella notte.

Era il mare addormentato.

E la via parea sapesse

la tartana nera. Io solo

non sapea piú nulla. Al duolo

cupo il cuor, pure, mi resse.

Giunsi a Malta all'alba. Terra

nostra. Dio la benedica.

L'ha in poter però l'amica

fedelissima Inghilterra.

E Trieste, dunque? Trento?

di chi sono? e la Savoja?

Nizza, Corsica? S'annoja

tanto, adesso, a quel che sento

la moderna gioventù,

che non ha da fare... Orbene,

di', ci hai sangue nelle vene?

Ti do io da fare! Su,

prendi l'armi! Ti ci vuole

una guerra: guarirai.

Butta i libri via! Che sai

tu? che sai? Niente. Parole.

Basta. Sceso a Malta, volo

a trovar gli altri emigrati.

— Come? E che? — dico, — Affamati?

— C'è il colera...

Mi consolo.

Quanti morti? —

— *Uh, tanta gente...*

E che fate qua? —

— *Mah! stiamo*

qua. Se il pesce abbocca all'amo,

noi mangiamo,. se no... niente! —

— Addio. cari! —

E per un tozzo

di pan duro, a tutto ormai

preparato, m'imbarcai

su una nave inglese. Mozzo.

Prima mozzo, poi fochista.

Io: sepolto lì, nel caldo

ventre strepitoso e saldo

d'una nave, senza vista,

né respiro, io che cresciuto

ero sotto il sole, all'aria

pura! E in una solitaria

rada, privo d'ogni ajuto,

sbarco, alfine, infermo. È un lido

d'Asia, presso Smirne (il nome

non ricordo piú). Là, come

un can perso, ai piè m'affido.

Rubo fichi e mangio. Cado

finalmente in man d'un lurco,

grosso e fier mercante turco,

che assoldava nel contado

cacciatori, gente brava

per la caccia nel deserto.

Egli, poi, nell'arte esperto,

fiere e uccelli imbalsamava.

Dice: "Sai sparare, amico?"

— Non so fare altro. —

« Benone!

pure a un'aquila? a un leone?» —

— Pure al Padreterno, — dico.

Ben munito, m'avventuro

nel deserto anch'io. M'infischio

del cammin lungo, del rischio...
Gambe sode, occhio sicuro.

Due leoni uccisi, io solo,
senza star tanto ai riguardi
di quegli altri; leopardi,
tigri, jene; aquile a volo.

C'era un alto monte, infido,
che di marmo parea tutto,
là, nel sol come costrutto.
Vi facean l'aquile il nido.

Di ritorno con la preda,
zitto e vigile da un canto,
a spiar mi sto, frattanto,
come il turco ora proceda

con sue droghe e spezie rare.
L'arte apprendo, in men d'un mese.
E la preda del paese
per mio conto passa il mare.

Vivo lì dieci anni. L'ora

del riscatto, finalmente,

suona, e Pier Gudrò la sente

da lontano, in tempo ancora

per combattere all'entrata

di Palermo, ed a Milazzo

e in Calabria... O prete pazzo

e l'Italia liberata

ora tu, come una nera

talpa, vuoi scavar soppiatta?

Talpa nera, talpa matta,

di te stessa prigioniera?" —

Pier Gudrò sogghigna. Sopra

le campagne l'ombra è scesa;

s'è nel cielo Espero accesa;

ecco, e già lasciano l'opra,

con le lor marre i villani.

Curvi, senza dare un fiato,

han del vecchio essi ascoltato

le avventure e i casi strani.

Malta... Fiere... Asia... La guerra...

preti... talpe... Vanità!

Non sanno essi altro che qua

zapperan sempre la terra.

Pier Gudrò, rimasto solo,

la villosa enorme testa

scuote, ancor della sua gesta

ebro; e guarda là del molo

la lanterna che s'accende

rossa, il fischio ode d'un treno

che lontano passa; e, pieno

di letizia, senza mende

vede l'opera compiuta

— Patria mia!...

La Luna è sorta.

Con la sua faccia di morta

schiara la campagna muta.

Di lontan borboglia il mare.

Via, sprazzando il baglior verde,

una lucciola si perde

nella bianca alba lunare.

Pier Gudrò rincasa. Al lume

della fumida lucerna,

ora trae da una giberna

vecchia, appesa tra due piume

di pavone al capezzale,

le medaglie sue. Son tre.

Se le lustra, e dice al re

in effigie lì: — Reale

Maestà, nulla ti ho chiesto;

son già vecchio, tutto bianco;

con te, dunque, parlar franco

posso, e voglio dirti questo:

Alla sedia, su cui tu,

ora, in Roma, altero siedi,

sai chi ha fatto i quattro piedi?

Noi, noi vecchi. E per virtù

nostra esiste, Maestà,

tutto quanto intorno splende,

quanto ricca e bella rende

questa nuova civiltà.

Posso chiudere domani

gli occhi, pago e soddisfatto.

La mia parte io te l'ho fatto,

figlio mio. Bacio le mani. —

LAÒMACHE

I

Fiera Laòmache a fianco del giovane Gàrgaro, vinto

nella gara recente, saliva al monte su cui

l'ara dall'alba sorgea dei sacrifizii a Diana.

Eran di primavera i giorni segnati. Le elette

vergini Amazoni, dopo le gare annuali, per una

notte il possente corpo abbandonavano al vinto

rivale, che della tribù confinante era spesso

dei Gàrgari. Sotto la grande zona di fiamma

che in quel vespro incombeva sul monte, Laòmache obliqui

sguardi di tratto in tratto al suo compagno lanciava.

Questi allora le tumide labbra schiudeva a un sorriso

impercettibile, e gli occhi intanto abbassava. Dal bruno

volto, a umile aria composto, e anche dal molle

tentennare del corpo gagliardo comprendere a quella

sua domatrice lasciava, com'egli non dalla possanza

ma per amore di lei si fosse fatto domare.

Ben l'intendea Laòmache adesso, e fremeva, dagli occhi

sdegno, dispetto schizzando; ed or l'azza scoteva,

or la pelta lunata; squassava or le piume dell'elmo.

Era nell'aria un'amara fragranza d'arnica, ed ella

con dilatate nari la respirava. Com'egli,

stesa un mano e divelto da un cespo un virgulto

ora un ginocchio ora l'altro se ne batteva, stizzita

glielo strappò, lo gittò lontano gridando con dura

voce: «Cammina!» — «Ecco, cammino», il Gàrgaro disse,

sorridendo a suo modo. E, cúpido, di sotto al cuojo

belluino che a lei dall'òmero manco, sul seno

là sagliente qua scemo, giú fino ai ginocchi scendeva,

l'òmero destro lasciando e il braccio scoperti e l'ascella,

insinuò lo sguardo. Laòmache l'azza su lui

terribilmente brandí. Le braccia egli aperse, aspettando.

Ma trattenuta fu l'ira tra sprazzi di sdegno e bramiti.

Giunti che furono in vetta al monte, nel tempio, con l'altre

coppie sacrificarono anch'essi a Diana. Di rose

quindi le ancelle, a un cenno d'Ocíale sacerdotessa,

inghirlandarono i vinti. Scomparso era il sole e sorgeva

dall'opposto orizzonte, rosea e grande, la Luna.

II

Ora a piantar le tende per la lor notte d'amore,

là su la vetta, badan le coppie. Laòmache al suo

Gàrgaro ne commette la cura. Caparbia, proterva,

sdegnosamente si trae da parte. Zighi sommessi

di lepri in amore, fritinnii lunghi di grilli,

strani fili di lucidi suoni, in quell'alba lunare,

giú dalle sodaglie, dai greppi le giungon del monte.

Par che raggiorni. E dal prossimo tempio si levan preghiere.

Presto alzata è la tenda. Il Gàrgaro invita l'acerba

sua compagna ad entrare. Entra egli per primo; si stende

come leone al suolo. Poggiato su un gomito, aspetta.

Nel vederlo cosí, Laòmache, entrando, s'adira.

— «Lèvati sú!» — gli grida — «ch'io entro e mio schiavo tu sei!»

Ma rimane per terra sdrajato il Gàrgaro e solo

alza il capo a guardarla e sorride. Poi dice: — «Tuo schiavo;

ma, per servirti, bisogna ch'io ora mi senta padrone.

Tu certo uccidermi puoi; ti freme l'arma nel pugno;

ma se vivere io debbo per tua e mia gioja, bisogna

che mansueta or ti veda e docile meco. Sconfitto,

tanto della tua forza mi son penetrato e del fiero

odio che tu dimostri per l'uomo, ch'io, vedi, a toccarti

or non m'arrischio nemmeno. Tu m'impauri. E bisogna

che tu m'alletti invece, m'induca ad osare, siccome

fan l'altre donne sommesse al potere dell'uomo.

Stènditi qua benigna; carezzami un poco; a slacciarmi

questo calzare ti china...» — Laòmache, a tale proposta,

regger piú non si può; un urlo ferino le rompe

dalla gola; gli è sopra, furente: dal capo gli strappa

la ghirlanda di rose; e, calpestandola, — «Mai!

No, mai!» — rugge; e via dalla tenda con impeto. A tale

deve dunque una donna, a tale ridursi? E le altre

sue compagne si sono fino a tal punto avvilite

forse, di fronte all'uomo, piegate al volere di lui?

Vibra nell'alta notte serena la vergine offesa;

ansa; guarda smarrita, com'ebbra, nell'ampio chiarore

ch'ora diffonde la Luna dal sommo dei cieli, e s'avvia.

— «Cènia! Ippolita! Aèlla!» — geme. Le fide compagne,

fiere com'essa, non vagano fuor delle tende: ella sola,

come tigre ferita, vaga e si lagna. S'accosta

càuta a una tenda: sconvolta, dà indietro; procede.

Ode delle compagne, perdutamente obliose,

qua, là nell'orgia rubesta, i seni bramosi anelare.

Corre al tempio, inseguita da quell'obbrobrio; si gitta

tra le braccia d'Ocíale, raccapricciata, gridando.

Questa però, severa, del rito le parla; le intíma

di ritornare all'uomo che a lei Diana accordava.

Stavasi il Gàrgaro innanzi la tenda, in attesa. La accolse

fremebondo sul petto possente, di peso la tolse

tra le braccia, e di lei fu, tutta la notte, signore.

III

Sia il tuo cenere ai venti disperso, o Tanàis! Ah quale

stolido regno ti piacque fondare! Son queste le fiere

tue seguaci, del sangue degli uomini avide, queste

le belligeranti che, impubi, la destra mammella

schiaccian sul seno o recidon per esser piú abili a trarre

d'arco? E spasimi acuti or dà loro il succo materno

nella compressa poppa urgendo. E guàrdale! otri

gonfie son fatte, ne piú cingersi or posson l'irsuto

corsaletto di ferree scaglie; e guazza l'immane

ventre sotto il lupigno cuojo che mal lo ricopre,

né riverenza ispira, che frutto non è già d'amore,

ma sol della loro fecondità bestiale.

Pigre, oppresse, deformi, trascinansi. — «Ippolita! Aèlla!

Cènia!» — chiama Laòmache. E quelle a lei, che sul volto

ha l'accorata nausea dipinta del làido suo stato,

vengono e la deridono. Eh via, non le piace davvero

per alcun tempo cosi lo Stato, oziando, servire

e per razza e per latte? La verginità? Ma bisogna

perderla pure un giorno, se perdere il regno non vuolsi

delle femmine. Onta? eh via, perché, se Diana

vuole cosí, comanda che a tutte in quel modo la festa

delle rose sia sacra? Oh, verrà pur la volta di quelle

vergini acerbe che passano loro davanti sdegnose,

strette nel corsaletto, con l'azza nel pugno! Tra breve,

dopo tante prodezze e tante vittorie su l'uomo,

soggiaceranno anch'esse. Conoscono i Gàrgari bene

l'arte di perdere prima per vincere dopo. Di loro

dunque non abbia invidia Laòmache.

Invidia? Ma schifo,

piú che disprezzo, di tutte, di sé, Laòmache or prova.

Nota a quelle era dunque l'arte dei Gàrgari? E questo

ventre deforme è delle ambite vittorie il trofeo?

Via di là! Via, lontano, per piangere occulta le amare

lagrime del rimpianto, le acri dell'odio compresso.

IV

Giunse ai confini estremi del regno. La Scizia, dall'alto

delle montagne, in un fitto continuo silenzioso

turbinare di candide innumerevoli piume

giú dai cieli, le vaneggiava sotto, d'un cupo

bianco mistero avvolta. Rimase Laòmache a lungo

dello stupore in preda, davanti al prodigio di quella

muta, lenta, lieve caduta perenne. Oh ma quanta,

quanta d'uccelli raminga moltitudine avea

quelle del cielo invase inospiti plaghe, se tanta

copia di piume cadeva? Qual fato crudele gli uccelli

d'ogni terra traeva a quelle plaghe? Lo stesso

fato di lei? Che se quegli uccelli le candide piume,

lei la baldanza e gl'impeti e i voli dell'anima e tutto

quivi lasciato avrebbe. E come quelle nel cavo

della sua mano in acqua scioglievansi, in lagrime i suoi

impeti si scioglievano.

Laòmache or tutta di gelo

livida e irta, tra quel turbinio senza fine,

giú pe' greppi guardando, da un nuovo stupor fu assalita.

Altre Amazoni, al pari di lei, ma già madri altra volta,

libere adesso, furtivamente a quei limiti estremi

s'erano tratte; e per quei greppi scendevan soppiatte,

càute, al paese dei Gàrgari. E i Gàrgari forse

eran là sotto, a piè di quei monti in attesa,

e deridevan tra loro lo sdegno famoso delle alte

donne guerriere. Ah dunque non attendevan neppure

la rituale festa dei fiori le socie sue fiere?

Senza lotta, all'amplesso degli uomini, non invitate,

ritornavan furtive? Si torse per l'onta, avvampando

tutta d'odio e di sdegno. Ma un moto in quel punto, non suo,

dentro di sé, nel grembo, un fremito nuovo, uno strano

palpito la rattenne, e attonita a lungo rimase,

rabbrividendo.

«O Diana» — gridò, levando la faccia

contro il cielo, sconvolta, — «Diana fa' tu che non sia

questo che in grembo io porto frutto odioso, una donna

all'obbrobrio mio stesso serbata, ma un maschio ch'io debba

con le proprie mie mani, per la tua legge, strozzare!»

V

Come la carne tua che palpita e vive, recisa

da te, carne che piange fuori di te, che il tuo seno

cerca subito, cieca, e il calor che le manca, strozzare?

E la mammella Laòmache porse al suo bimbo, godendo

ch'entro al piccolo corpo dal corpo suo grande ora uscito

subito quella entrasse sua tepida vena materna,

sí che il grembo di lei sentisse il pargolo ancora.

Scese quindi furtiva al paese dei Gàrgari; chiese

umile, col fardello suo dolce sul seno, del padre,

si prosternò davanti alla tenda ed il pargolo porse

supplice all'uomo e insieme il materno suo cuore di sposa.